Goodnight, *Papito Dios*
Buenas noches, Papito Dios

By / Por Victor Villaseñor

Illustrations by / Ilustraciones de José Ramírez
Spanish translation by / Traducción al español de
Carolina Villarroel

Piñata Books
Arte Público Press
Houston, Texas

Publication of *Goodnight, Papito Dios* is funded by grants from the City of Houston through the Houston Arts Alliance, the Clayton Fund, and the Exemplar Program, a program of Americans for the Arts in collaboration with the LarsonAllen Public Services Group, funded by the Ford Foundation. We are grateful for their support.

Esta edición de *Buenas noches, Papito Dios* ha sido subvencionada por la ciudad de Houston a través del Houston Arts Alliance, el Fondo Clayton y el Exemplar Program, un programa de Americans for the Arts en colaboración con el LarsonAllen Public Services Group, fundado por la Fundación Ford. Les agradecemos su apoyo.

Piñata Books are full of surprises!
¡Piñata Books están llenos de sorpresas!

Piñata Books
An Imprint of Arte Público Press
University of Houston
452 Cullen Performance Hall
Houston, Texas 77204-2004

Villaseñor, Victor.
   Goodnight, Papito Dios / by Victor Villaseñor; illustrated by José Ramírez; Spanish translation by Carolina Villarroel = Buenas noches, Papito Dios / por Victor Villaseñor; ilustraciones por José Ramírez.
      p.   cm.
   Summary: A father comforts his son at bedtime by singing the turtledove song his own mother once sang to him in hopes that the child will awake refreshed and secure in the knowledge that he is loved.
   ISBN: 978-1-55885-467-3
   [1. Fathers and sons—Fiction. 2. Lullabies—Fiction. 3. Bedtime—Fiction.] I. Ramírez, José, ill. II. Villarroel, Carolina, 1971- III. Title. IV. Title: Buenas noches, Papito Dios.
PZ7.V723Goo 2007
[E]—dc22
                                                                    2006051522
                                                                    CIP

7 8 9 0 1 2 3 4 5 6   10 9 8 7 6 5 4 3 2 1

To my parents, Salvador and Lupe Villaseñor
—VV

To Sol and Sara
with care and love
—JR

Para mis padres, Salvador y Lupe Villaseñor
—VV

Para Sol y Sara
con mucho cariño y amor
—JR

"Papá, I don't want to go to sleep. I'm scared that creepy creatures will come and get me," I said crawling into bed.

"Nothing bad or creepy will get you, *m'ijito.* I'm here and I'll protect you, so you can go to sleep and tomorrow you will feel refreshed, rested, and powerful as the wind," said my father.

"When I was little, I was afraid to go to sleep too, but your grandma had a magic way of helping me."

"What would she do, Papá?" I asked, pulling my feet away from the cold corners of the bed.

"My mamá would sing the turtledove song to me. Do you want to hear it?"

"Yes, Papá," I said, snuggling up under the covers.

—Papá, no me quiero dormir. Tengo miedo de que vengan los monstruos y me lleven —dije mientras me metía a la cama.

—Ningún monstruo te va a llevar, m'ijito. Estoy aquí para protegerte, para que duermas y mañana despiertes fresco, descansado y poderoso como el viento, —me dijo mi padre.

—Cuando era pequeño, a mí también me daba miedo irme a dormir, pero tu abuelita tenía una forma mágica para ayudarme.

—¿Qué hacía, Papá? —le pregunté, alejando mis pies de las esquinas frías de la cama.

—Mi mamá me cantaba la canción de la paloma. ¿La quieres escuchar?

—Sí, Papá —dije, acomodándome debajo de las cobijas.

"Every night when Mamá would put me to bed she would sing, 'Coo-coo-roo-coo-coooo, sings the turtledove!' She would rub my forehead and it felt so good that I thought I was going straight to Heaven. 'Coo-coo-roo-coo-coooo, sings the turtledove. Sleep, my little darling. Sleep, my little love. Close your tired little eyes, *m'ijito,* and go quietly to sleep,' Mamá would sing."

—Cada noche cuando Mamá me acostaba me cantaba: "¡Cu-cu-ru-cu-cuuu, canta la paloma!" Me acariciaba la frente y se sentía tan rico que pensaba que iba derechito al Cielo. "Cu-cu-ru-cu-cuuu, canta la paloma. Duérmete, mi niño, duérmete ya, cierra los ojitos y empieza a soñar", cantaba Mamá.

"'As soon as you close your eyes,' Mamá would sing, 'your Guardian Angel will come to you in your dreams and take you by the hand up, up to Heaven to reunite you with *Papito Dios,* your Heavenly Father.'"

—"Cuando cierres los ojitos", Mamá cantaba, "tu Ángel de la Guardia vendrá y hasta el Cielo, arriba, arriba, te llevará, con Papito Dios, el Padre Celestial".

"I remember all this so well, *m'ijito.* The lights would be turned down, the entire house would be quiet and Mamá would sing to me, 'Coo-coo-roo-coo-coooo, sings the turtledove. Sleep, my little darling, sleep, my little love. All you have to do is close your little eyes, and when you go to sleep, your Guardian Angel will gently take you by the hand up, up to Heaven to visit *Papito Dios.*'"

—Recuerdo esto muy bien, m'ijito. Las luces ya estaban apagadas y toda la casa estaba en silencio y Mamá me cantaba: "Cu-cu-ru-cu-cuuu, canta la paloma. Duérmete, mi niño, duérmete ya, cierra los ojitos y empieza a soñar. Cuando cierres los ojitos tu Ángel de la Guardia vendrá y hasta el Cielo, arriba, arriba, te llevará, con Papito Dios, el Padre Celestial".

"Mamá would sing softly to me as she caressed my forehead, 'Coo-coo-roo-coo-coooo, sings the turtledove. Coo-coo-roo-coo-coooo, sleep, my little darling. Coo-coo-roo-coo-coooo, sleep, my little love. No matter how hard or scary a day you might have had, all you have to do is close your little eyes and go to sleep. Your Guardian Angel will take your hand and lead you back up, up to Heaven where you came from, so you can visit *Papito Dios* once again. Then when you come back in the morning, you'll feel refreshed, rested, and as powerful as the wind.'"

—Mamá cantaba suavemente mientras me acariciaba la frente, "Cu-cu-ru-cu-cuuu, canta la paloma. Cu-cu-ru-cu-cuuu, duérmete, mi niño, cu-cu-ru-cu-cuuu, duérmete ya. No importa cuán pesado o difícil puede haber estado tu día, todo lo que tienes que hacer es cerrar los ojitos y empezar a soñar. Tu Ángel de la Guardia te tomará de la mano y te llevará, arriba, arriba al Cielo, desde donde viniste, para que visites a Papito Dios una vez más. Por la mañana, cuando despiertes te sentirás fresco, descansado y poderoso como el viento".

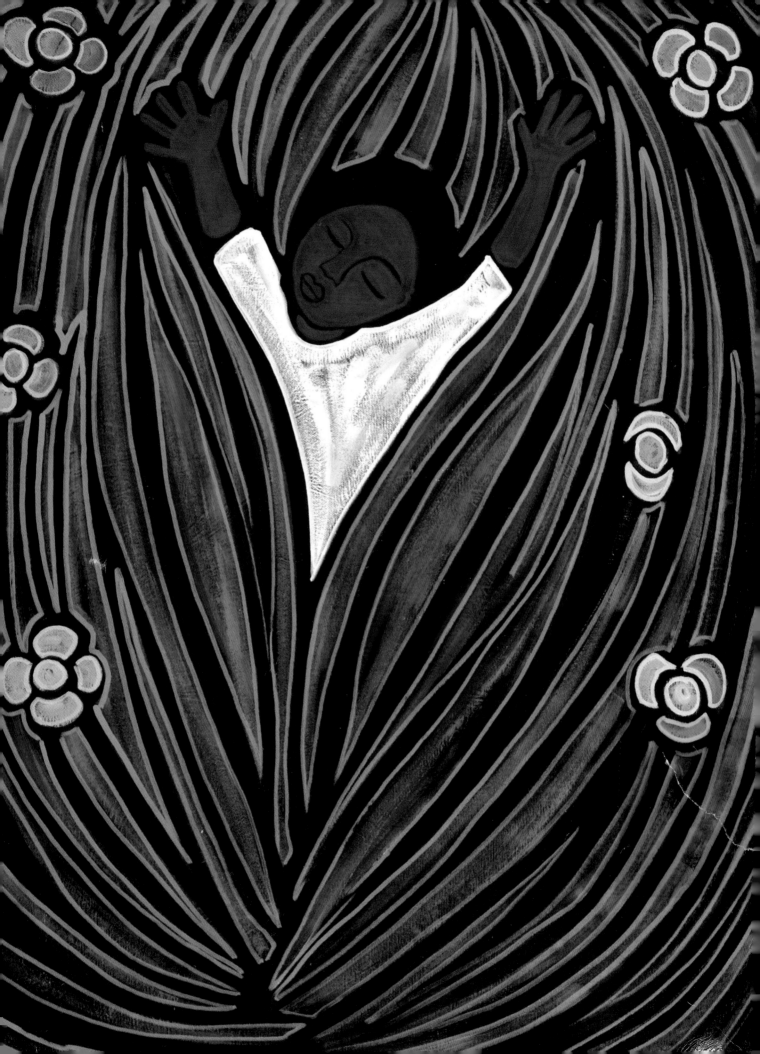

"Mamá would keep singing to me, 'Coo-coo-roo-coo-coooo, sleep, my little darling. Coo-coo-roo-coo-coooo, sleep, my little love. Coo-coo-roo-coo-cooo, close your eyes, my sweetheart, close your little eyes. Because as soon as you are asleep, your Guardian Angel will come and take you by the hand through the clouds, past the stars, and up, up to Heaven to reunite you with *Papito Dios,* our Heavenly Father who loves us all so much here on Mother Earth.'"

—Mamá seguía cantándome, "Cu-cu-ru-cu-cuuu, duérmete, mi niño, cu-cu-ru-cu-cuuu, duérmete ya. Cierra tus ojitos. En cuanto te duermas, vendrá tu Ángel de la Guardia. Te tomará de la mano e irás por las nubes más allá de las estrellas, y arriba, arriba en el Cielo a unirte con Papito Dios, el Padre Celestial que nos quiere mucho a todos en la Madre Tierra".

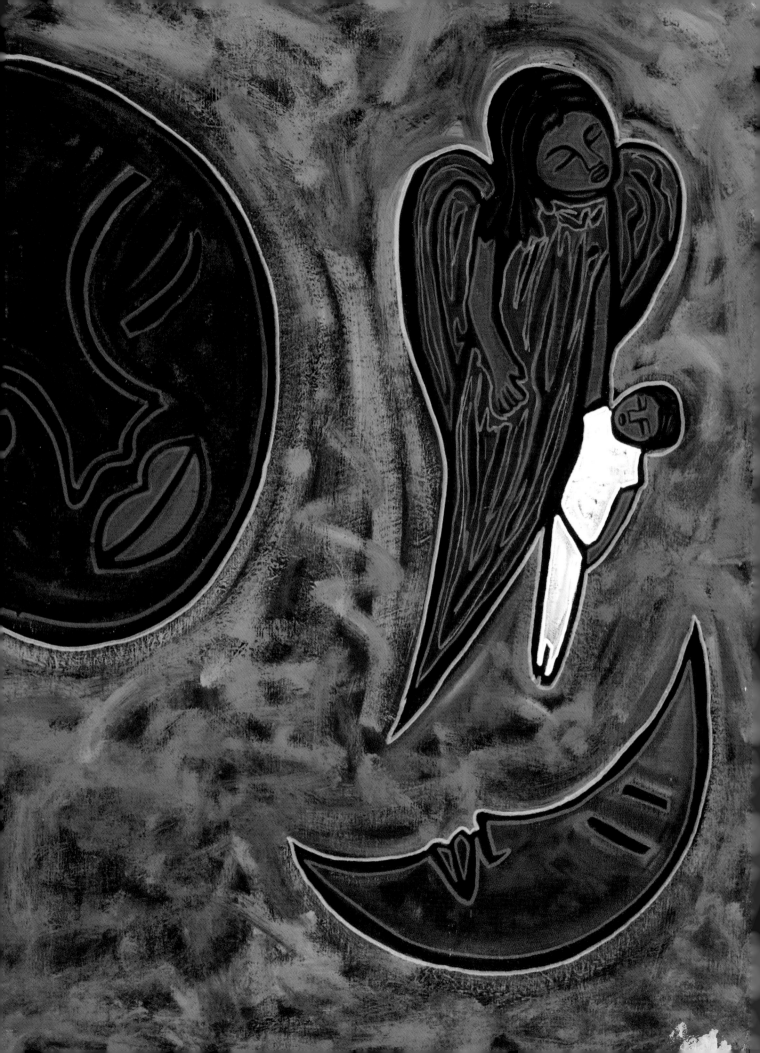

"'Coo-coo-roo-coo-coooo! Sleep, my little darling. Sleep my little dove. Mommy loves you. Daddy loves you. The turtledove loves you, too, and will fly beside you, guiding you and your Guardian Angel as you travel up, up to Heaven.' Mamá would sit at my bedside singing, 'Coo-coo-roo-coo-cooo,' and I saw myself flying through the clouds and past the stars, feeling so good and safe and all warm under my covers."

—¡Cu-cu-ru-cu-cuuu! Duérmete, mi niño, duérmete ya. Mamá te quiere mucho, igual que tu papá. La paloma también te quiere y a tu lado volará, guiándote a ti y a tu Ángel de la Guardia mientras suben arriba, arriba al Cielo. —Mamá se sentaba en la orilla de mi cama cantando—, Cu-cu-ru-cu-cuuu —y yo me veía volando por las nubes, más allá de las estrellas, sintiéndome bien y seguro y calientito debajo de mis cobijas.

"Sleep, my little darling. Sleep, my little love. Mommy loves you. Daddy loves you. The dog and cat love you, and your brothers and sisters love you too. Coo-coo-roo-coo-coooo. Coo-coo-roo-coo-coooo! Coo-coo-roo-coo-coooo! Cooo! Cooo! Coooooooooo!

"Sleep, my little darling. Sleep, my little love. Close your little eyes, *m'ijito.* The stars above will light your way as you and your Guardian Angel travel through the night on your way to reunite with your Heavenly Father, *Papito Dios.* Then in the morning, you'll come back refreshed, rested, and powerful as the wind."

—Sueña, mi niñito, sueña, mi amor. Mamá te quiere mucho, igual que tu papá. El perro y el gato te quieren y tus hermanos y hermanas también. ¡Cu-cu-ru-cu-cuuu! ¡Cu-cu-ru-cu-cuuu! ¡Cuuu! ¡Cuuu! ¡Cuuuuuuuuuu!

—Duérmete, mi niño, duérmete ya. Cierra los ojos, m'ijito. Las estrellas del cielo el camino alumbrarán para ti y tu Ángel de la Guardia mientras juntos hacia el Cielo van, para unirse con Papito Dios, nuestro Padre Celestial. Ya por la mañana, regresarás, fresco, descansado y poderoso como el viento.

"Sleep, my little darling. Sleep, my little dove. Close your eyes and know that the whole universe waits for you to grow and sprout your own angel wings so you, too, will one day be able to sing this turtledove song to your own children.

"Coo-coo-roo-coo-coooo. Coo-coo-roo-coo-coooo! Remember, *m'ijito,* we are all God's creatures. Once long, long ago, we humans were nothing more than itsy bitsy pollywogs on this great Mother Earth. Then we grew, changed, and became who we are today: turtledoves, angels, and our whole human family of brothers and sisters, moms and dads, and grandparents."

—Duérmete, mi niño, duérmete ya. Cierra los ojitos sabiendo que todo el universo espera que crezcas y despliegues tus propias alitas de ángel para que algún día tú también les cantes a tus hijos la canción de la paloma.

—¡Cu-cu-ru-cu-cuuu! ¡Cu-cu-ru-cu-cuuu! Recuerda, m'ijito, que somos criaturas de Dios. Hace mucho, mucho tiempo, los humanos no éramos nada más que pequeños renacuajos en la Madre Tierra. Después crecimos, cambiamos y nos convertimos en lo que somos hoy: palomas, ángeles y una familia humana de hermanos, hermanas, mamás, papás y abuelos.

"Sleep, my little darling. Sleep, my little love. Close your eyes and know that the whole universe waits for you to grow and sprout your own turtledove angel wings.

"Sleep, my little darling. Sleep, my little dove. Coo-coo-roo-coo-coooo, *Papito Dios* loves you. Daddy loves you. Mommy loves you. Your Guardian Angel loves you and the turtledove loves you too. And so does the dog, the cat, your brothers and sisters, and the trees and the grass and the flowers that dance in the wind."

—Duérmete, mi niño, duérmete ya. Cierra tus ojitos sabiendo que todo el universo espera que crezcas y despliegues tus propias alitas de ángel.

—Duérmete, mi niño, duérmete, mi amor. Cu-cu-ru-cu-cuuu, Papito Dios te quiere. Papá te quiere, Mamá te quiere. Tu Ángel de la Guardia te quiere, igual que la paloma. El perro y el gato te quieren y tus hermanos y hermanas también, así como los árboles, el césped y las flores que felices danzan en el viento.

"Sleep, my little angel. Sleep, sleep, my little dove. You are now in Heaven, resting in *Papito Dios'* large, warm arms. Sleep, sleep, sleep, and rest. Sleep, sleep, sleep, and dream and understand that the entire universe rests and dreams with you. Sleep, sleep, sleep, my little dove. Coo-coo-roo-coo-coooo! Coo-coo-roo-coo-coooo! Dream, dream, and dream and be at peace with yourself and everyone and everything. Sleep and dream and rest throughout the whole good night, my sweet little angel."

—Duérmete, ángel mío, duerme, duerme, m'ijito, ya en el Cielo estás en los fuertes y cálidos brazos de Papito Dios. Duerme, duerme, duerme y descansa. Duerme, duerme y duerme, sueña y comprende que el universo entero descansa y sueña ya. Duerme, duerme, duerme, mi palomita. ¡Cu-cu-ru-cu-cuuu! ¡Cu-cu-ru-cu-cuuu! Sueña, sueña y sueña y siente la paz en ti, en todo y en todos. Duerme y sueña y descansa la noche entera, mi angelito.

"You are now with *Papito Dios.* You are now asleep in *Papito Dios'* warm loving arms. Coo-coo-roo-coo-coooo. Coo-coo-roo-coo-coooo. Coo-coo-roo-coo-coooo. Coooo! Coooo! Goodnight, my little love. Goodnight, my little sweet. Always remember you are a child of God and full of wonder and full of life and full of love. Coo-coo-roo-coo-coooo. Coo-coo-roo-coo-coooo."

—Ya estás con Papito Dios. Ya estás durmiendo en los brazos cálidos y amorosos de Papito Dios. Cu-cu-ru-cu-cuuu. Cu-cu-ru-cu-cuuu. Cu-cu-ru-cu-cuuu. ¡Cuuuuu! ¡Cuuuu! Buenas noches, m'ijito, buenas noches, mi amor. Recuerda siempre que eres hijo del Creador, que estás lleno de vida, de maravilla y de amor. Cu-cu-ru-cu-cuuu. Cu-cu-ru-cu-cuuu.

"Always sing this song of the turtledove as you grow and sprout your wings, *m'ijito,* and know that this song is what helped me sleep like an angel all of my life," said Papá as he continued caressing my forehead. "Even now, I can sleep anywhere, anytime, and I hardly ever have bad dreams, because my mamá told me that this song is full of magic. With this song, her father used to put her to sleep, and her father's mother used to put him to sleep, too. So sleep, my little darling, sleep, and in the morning you will wake up feeling refreshed, rested, and powerful as the wind."

—Canta siempre esta canción de la paloma mientras creces y extiendes tus alas, m'ijito, y recuerda siempre que esta canción es la que me ha ayudado a dormir como un ángel toda mi vida, —dijo Papá mientras me acariciaba la frente—. Aún ahora puedo dormir en cualquier lugar, a cualquier hora, y casi nunca tengo pesadillas, porque mi mamá me enseñó que esta canción es mágica. Su papá la hacía dormir con esta canción y la mamá de su papá lo hacía dormir a él también. Así es que, duérmete, mi niño, duérmete ya, y por la mañana despertarás fresco, descansado y poderoso como el viento.

And Papá was right. Soon I was asleep and dreaming a beautiful dream. I floated up out of my bed, and looking down, I saw my father at the side of my bed caressing my forehead.

Then I was floating out through the window and, high above me, I could see the twinkling stars and a bright, round moon. My Guardian Angel came up and took my hand, and the turtledove was beside us singing, "Coo-coo-roo-coo-coooo." Together the three of us continued going up, up, into Heaven. I was so happy that I, too, sang, "Coo-coo-roo-coo-coooo," all the way past the stars, until at last I was resting in *Papito Dios*' large warm arms. "Coo-coo-roo-coo-coooo!" I continued singing, dreaming of the day that I would sing this song to my own children.

"Goodnight, *Papito Dios*, coo-coo-roo-coo-cooo."

Y Papá tenía razón. Pronto me dormí y tuve un sueño muy lindo. Floté lejos de mi cama, y mirando hacia abajo vi a mi papá al lado de mi cama acariciándome la frente.

Después, salí flotando por la ventana y por encima de mí pude ver centellear las estrellas y una luna brillante y redonda. Mi Ángel de la Guardia vino y me tomó de la mano, y la paloma venía a nuestro lado cantando, "Cu-cu-ru-cu-cuuu". Los tres juntos seguimos arriba, arriba, hacia el Cielo. Estaba tan feliz que también canté, "Cu-cu-ru-cu-cuuu", hasta llegar más allá de las estrellas y descansé en los fuertes y cálidos brazos de Papito Dios. "¡Cu-cu-ru-cu-cuuu!" seguí cantando, soñando en el día en que yo también les cantaría esta canción a mis hijos.

—Buenas noches, Papito Dios, cu-cu-ru-cu-cuuu.

Victor Villaseñor says that when he was little his mother would sing this turtledove song to him every night, and the song is what enabled him to sleep like an angel for the rest of his life. Even now, as an adult, he can sleep anywhere, anytime, and hardly ever has bad dreams, because closing his eyes and going to sleep for him is a magic time of going to Heaven to visit *Papito Dios.* In the morning, he comes back refreshed, rested, and as strong and confident as if he had just been in the arms of our Heavenly Father. Villaseñor wrote *Goodnight, Papito Dios* to share this song with all parents so that they, too, can see that by singing this song to their children they will sleep like angels all their lives.

Victor Villaseñor cuenta que cuando era niño su madre le cantaba la canción de la paloma por las noches y ésta le ha permitido dormir como un angelito toda su vida. Aún ahora, como adulto, puede dormir en cualquier lugar y a cualquier hora, y casi nunca tiene pesadillas porque cerrar los ojos y dormir para él es un momento mágico en que va al Cielo para visitar a Papito Dios. Por la mañana, regresa fresco, descansado y tan poderoso y seguro como si recién hubiera estado en los brazos del Padre Celestial. Villaseñor escribió *Buenas noches, Papito Dios* para compartir la canción con los padres para que ellos también puedan ver que al cantarles esta canción a sus hijos, ellos dormirán como angelitos todas sus vidas.

José Ramírez is an artist, teacher and the father of three daughters: Tonantzin, Luna, and Sol. He teaches and lives in Los Angeles. He has been painting for over twenty years. His children's books include *The Frog and His Friends Save Humanity / La rana y sus amigos salvan a la humanidad* (Piñata Books, 2005) and *Quinito's Neighborhood / El vecindario de Quinito* (Children's Book Press, 2005). Visit him at ramirezart.com for more information.

José Ramírez es artista, maestro y papá de tres niñas: Tonantzin, Luna y Sol. Enseña y vive en Los Ángeles. Lleva dedicado a la pintura veinte años. Sus libros para niños incluyen *The Frog and His Friends Save Humanity / La rana y sus amigos salvan a la humanidad* (Piñata Books, 2005) y *Quinito's Neighborhood / El vecindario de Quinito* (Children's Book Press, 2005). Para más información visite ramirezart.com.